U0909752

百年詩庫 实力诗人

时光博物馆

梁智强 著

百花洲文艺出版社

图书在版编目（CIP）数据

时光博物馆 / 梁智强著. 一南昌：百花洲文艺出版社，2019.4
ISBN 978-7-5500-3219-4

Ⅰ. ①时… Ⅱ. ①梁… Ⅲ. ①诗集－中国－当代Ⅳ. ①I227

中国版本图书馆CIP数据核字(2019)第053268号

时光博物馆　　梁智强　著

选题策划　周瑟瑟
责任编辑　杨　旭
视觉总监　吴　晓
装帧设计　风雅颂文化传媒　曹　川
出 版 者　百花洲文艺出版社
社　　址　南昌市红谷滩新区世贸路898号博能中心一期A座20楼
电　　话　0791-86895108（发行热线）0791-86894717（编辑热线）
邮　　编　330038
经　　销　全国新华书店
印　　刷　惠州市联谊印刷有限公司
开　　本　889毫米×1194毫米　1/32
印　　张　5
版　　次　2019年6月第1版第1次印刷
字　　数　20千字
书　　号　ISBN 978-7-5500-3219-4
定　　价　28.00元

赣版权登字　05-2019-70

网　　址　http://www.bhzwy.com
图书若有印装错误，影响阅读，可向承印厂联系调换

梁智强

笔名里翔，80后，广东省作家协会会员。作品发表于《清明》《星星》《山东文学》《安徽文学》《延河》《四川文学》《湘江文艺》《小说月报·大字版》等期刊，诗歌作品入选《广东青年作家诗歌精选》，散文作品入选高考语文模拟试题。现居广州。

目 录
CONTENTS

辑二 未来是一艘航船

辑三 飞的独角戏

辑四 无处安放的句号

序　尖暗词语诡异之下的现实诗写

周航

与青年诗人梁智强未曾谋面，可谓彼此陌生。好在有诗。读他的诗，让我走近了一个颇具潜质的诗人。《时光博物馆》是他的首部诗集，能为这本集子说点什么，我深感荣幸。

在读梁智强这本诗集的过程中，我曾问他：你是否受过李金发的影响？答曰：不曾。他甚至说没有读过李金发的诗。我不禁感慨，原来诗人的精神世界，无论身处哪个时代，总能划出一些相似的轨迹。在梁智强的很多诗中，我总能读到李金发诗歌中独异的表达方式：幽深、诡秘、沉郁、精微，无论是主题和意象的选择与营构，还是结构与词语的铺陈，都充满了波德莱尔式的象征意味。在很多略显艰涩的诗句中，又总能让人感受到社会和人生“恶”之忧郁的隐喻，在诸多现实的当代性表述中，我们又能清晰地看到他对时间和灵魂雕琢之后的棱角。这在存在大量口水化和无限复制现象的当下诗坛，显得独具一格而颇令人惊喜。

这本集子的127首诗，整体来看，呈现出现实和理想的某种对抗，批判和期待的某道张力，诗意词语形构和内在诡异表达的聚合与离散之功，令人耳目一新之余，又充盈着含蓄隽永的诗歌气象。梁智强的诗，在很多方面，都值得我们去细作探究，在此不妨先作片谈。

写作姿态。他在《检讨》一诗中写道："诗，哪怕我不懂/我也要寻找它/迷蒙的行踪"，这开头平淡的话，与其说是诗人的自谦，还不如说是一种写作姿态坦露的开端。写诗对诗人来说，意味着什么？"性灵以隐秘的力量/客居我的身体/作为无形的伴侣"，这些真诚的表述，不像诗人在其他很多诗作中的含蓄晦涩，而是明白如话地告诉了读者，诗歌在"我"心中的位置——精神的伴侣。然而，《检讨》这一诗题，又让我们想到更多东西，诗人内心深处，不仅是在表达对诗的理解，更是意欲挖掘和端出诗人的良心和社会责任。正如接下来的句子："写一份空白的检讨/寄往即将破产的土地/邮差是沙漠的蚂蚁"，"空白"，却蕴含着丰富的内容，诗人的那种无力、无奈之感，根植于"即将破产的土地"之上。诗人"蚂蚁"般的"小我"认知，同时又隐喻着一种以现实为镜像的"大我"悲悯与自省，从而最终实现诗人写作姿态某种程度上的升腾与定格。

写作姿态很重要，它决定了一个诗人写作的有效性和走向。但诗人在实现写作的过程中的自况，也即诗人与现实、诗人与自我之间关系的深刻揭示，则熔铸着诗歌的一切内容。梁智强《浮萍》组诗里写道："行迹像枷锁，寸步难行。/在悬崖上，俯瞰夜阑的幽谷，/那里种着沉默的花蕾。"这让人很容易想到曾卓《悬崖边的树》中的诗句："它似乎即将跌进深谷里/却又像是要展翅飞翔……"，"夜阑的幽谷"和"沉默的花蕾"的含苞待放，与"跌进深谷"之际的"展翅飞翔"，二者有着何其类似的暗合之处，又都具有何等的隐忍张力！这似乎是对诗人写作姿态最形象的诠释，同时又是诗人写作的全部内容。

诗意的营造。从梁智强这本集子的写作来判断，他并非高产诗人，但我不得不说，他很善于在现实中进行哲理意义上的思考，并通过独特的词语嫁接进行浓郁诗意的营造。诗人在《时光之书》一诗里如此写道：

我的忧虑未能把时光之书合上
缄默的严冬褪去温暖底色
让烈风粉墨登场，灌注品质和精神
守夜人暗黑的身躯穿越四季
仿佛巨大的隐喻覆盖漫山遍野
每个私密角落都深藏惊惧
困境显露本相，升起傲慢的炊烟
所有的失落将在夜幕中安睡
青春之树长成另一个明天
主宰可怜影子的命运

该诗或许最能代表诗人这本集子的写作风韵吧。诗中贯盈着隐喻性质的时间和生命体验，在我看来，诗人本质上是在栽种和修剪着一片象征的丛林。他的诗充满了尖暗的词语刀锋，犹如戴着诗歌词语的面具，跳着神奇的舞蹈。读这类诗，逐字逐句解析不是好办法，搞不好会支离破碎，不知其所言，整体去感受其中的诗意氛围，或许恰能捕捉诗人那颗诗心的跳跃。“仿佛巨大的隐喻覆盖漫山遍野/每个私密角落都深藏惊惧”，诗人在经营着灵魂的一次次历险，于读者而言，令人心悸的感受领略、独具异质的氛围进入，又何曾不是一次次的情感历险呢？

独特的意象。尖暗的词语，刺向充满寒意的现实，诗人整体诗意的营造是通过独特的意象捕捉来实现的。诗人在《早春》中如此写“暮色四合”的村庄景象：“高山剑拔弩张，从褪色的光环/释放冷漠。野草幻变为/失语的女巫，以沉睡状态营救自我”；同类景象的诗意描写还可见于《星象游戏》：“当繁星将天空托举/却目睹云雾被命运淹没/幻象如一盘下不完的棋/鸿雁架起无形的阶梯/向着落日致敬”。读到“高山剑拔弩张”，读到“鸿雁架起无形的阶梯”，我不信读者不惊异于诗人强大的感受力和无边的想象。诗句中系列意象的奇幻组合与叠加，以及人与景之间视角的不断转换，构建起了一个空阔无边的诗意空间，这可能是诗人最值得称道的地方。

时隐时现的期待和阳光。前文提到，诗人梁智强的这部集子有点李金发和波德莱尔诗歌的“恶”味。诗人的意图，在很大程度上，是在凸显中国当代社会发展进程中诸多社会矛盾在心灵上的刻痕。这些，体现了一个诗人的时代良心，以及诗歌写作者的自觉。而这，正是诗人自我寻找的《风景》：“午夜，桥突然开口/谈及理想的本质/一个眼神就是一把尖刀/随时可以洞穿/荒唐的现实”。但这种“恶”并非梁智强诗歌的全部，正如普希金的《假如生活欺骗了你》，也如食指的《相信未来》，诗人尖暗的词语刀锋划过之际，也会迸射出一道道心灵的亮光：

我从未想过胜利

只想摈弃物质的奴隶

飞翔在精神的港湾

彼岸是我灵魂的领地

理想之花会告诉世人

围墙不容易被巨浪推倒

但生活还要继续

无休止的颠簸旅程

相信吧，太阳还在

——《相信吧，太阳还在》

这是一种无奈，还是一种达观？无关紧要。诗人的写作，并不负责制造答案。但诗歌时常会给读者带来一道无形的力量，从而实现它的另种功能和生活的辩证法。

我不能冒昧断言，梁智强的诗艺到达了什么高度；我能够说的是，他的诗歌有很多值得细加咀嚼的东西。比如，诗人主体感觉与世界万物的神秘呼应及契合，追求词语所能产生的光色效果，艰涩词语对熟悉生活的陌生化表述，与流行口水化诗歌的自觉对抗，诗歌中处理与现实之间关系的方式，等等。在此不再一一详述，留给读者去细加品味，不失为最佳选择。

我期待每个读者，能够从梁智强的诗中读出一些什么，哪怕只是一些迸溅的火花，或者朦胧的启示。

（作者系长江师范学院教授、重庆当代作家研究中心主任）

辑一　钢铁森林

只有在睡梦中才尝到

存在的药剂，行将熄灭的烛光

仿佛最后的图腾：落叶和土

诱发远古的梦幻馨香

深井的秘密

一双灰眼睛躲在命运的边缘
静默地观照万物的繁衍
年轮长满胡须，封存永生的库房
告别了明天，我们终将成为孤鸟
飞抵极乐之境，镜片安详躺着
庭院与窗帘谈论花瓣飘落的速度
那只隐身的波斯猫，像勤勉的王子
在细雨中苦寻苍生的容器
风抛弃威严，所有的未知穿越关闸
把深井的秘密送到人间现场

脸

星空挪动坚挺的身躯
那盏明灯从窑洞散发微光
多愁的人总是逃避黑夜
宁愿到北极圈孤独终老

生活仿佛苟延残喘的囚徒
显露幽暗的表情
稍一转身，时间赫然变脸
聚焦哲理之外的命题

我不能放弃幻想
唯有拥抱满地碎叶的黄昏
浑浊的气息如影随形
划过一道灰色印痕

玩偶

阳光把幽怨收藏
我坐在灵魂以外喘息
捧着世俗之书假寐
仿佛陷进没有出口的迷宫

湖边掠过沉重的旧时光
它们是成长的海市蜃楼
拿财帛堆砌的金字塔
裹挟贪婪者的人生

只要加速时光机器
欲望便化为灰烬
孤岛的传说迅速蔓延
空中独舞的人忘记生辰

他决定洗掉记忆，切换场景
做一个果敢的玩偶
在幽谷的深喉盘坐
常年吞噬黑暗的口袋

清寒图

命运大门短暂敞开
晚祷如常。烛光跳跃
迷蒙暮色逼近码头
远航的客船创造一种
被渔民摒弃的声音
寒烟飘渺，虚拟的火石
勒令沙丘里的巨鹰
击破无形桎梏
领衔极地的盛宴
所幸，猎户在后退中前进

永恒

那个沉默之夜
谁从时光的比萨斜塔
找到了抵御衰老的药剂
穿越千年的宝盒
持续发光
像是昭示永恒的莅临
夜行人的眼睛变成
黑暗中涂满欢愉的灯泡
除了岩洞，可能无人知晓
泥土的复活秘密
陷入沼泽地的靶子
废弃于早已退隐的森林
记忆闸门半掩半开
百灵鸟凝视天空中飘落的
羽毛。落叶被狂风卷走
徒留一个虚无的影子
笑容般的泪水
像迷惘的搬运工
坐在抉择的分岔口
向大海呼救

最后的图腾

只有在睡梦中才尝到
存在的药剂，行将熄灭的烛光
仿佛最后的图腾：落叶和土
诱发远古的梦幻馨香

孤寂的镜子如破裂的薄冰
从时代的深壑里抹去愁思的鱼尾纹
洞口被记忆的浓雾
贴上百毒不侵的面具

云的入侵者在黑暗的光明中
独享河马此起彼伏的鼾声
然后绝尘而去，像一群出逃的傀儡

致大海

梦魇莅临，秋日盛夏般
卷走了时光的风
夜色的脑电波
让世界浓缩成苍蝇
万物的羽翼摇摇晃晃
等待着隔离现实的黑海
孕育平静的波浪
听不见贝壳的呼吸
沙滩寂静得像荒野
我在幻想里酣睡
仿佛一只疲惫的海鸥
而那座建了半辈子的古堡
仍未落成，如同笼罩迷雾的
谎言。灯塔继续沉思
夕阳该从何时复归理性
此刻，孤帆的水墨画
昂首阔步，远离海市蜃楼

村庄

许多人追问结果，我却喜欢
把过程置于风口浪尖
笑脸形成的那天，泪水也终结
没有归来者向天空鞠躬
更没有阳光照进老屋
自然的回声幻灭
蓑衣是形同虚设的道具
在历史的抽屉叹息
这冰冷的村庄，定律依然坚挺
辐射无法抵达的土地

远行

在梦境，我从生活背后穿行
恍如一个悠然离席的过客
太阳的脸布满皱纹
记忆被浑浊空气驱赶
旁观者麻木地祈祷
愿彼岸欢歌笑语

河流孕育的圣灵睁开眼睛
怒视远方的庞大队伍
根据荒诞规则，他们必须
用余生追赶时光

早春

在暮色四合的村庄，摘下衬衣的纽扣
才顿觉松弛。荒野抵制极速进化
囚禁看不清月亮的动物
高山剑拔弩张，从褪色的光环
释放冷漠。野草幻变为
失语的女巫，以沉睡状态营救自我

古钟

像孤鹜一样
古钟憩息于喧嚣的时代
那旷古的影子
化作青铜色的凉风
飘过人们浮躁的情绪
尽管是梦中的传说
雁群从远古飞来
又黯然而去
徒留喟叹的气息

流水般的节假日
如溃败之诗
在考古者的内心驻扎
人头攒动的博物馆
湮没了古钟伟大的无价

底色

我作为隐秘的旁观者
见证这场冷清的盛宴
它睿智的灵魂
是一首悲喜交织的交响乐
斑斓的底色一尘不染
折射历史厚重的光芒

月色的在场
致使它的音质
越发迷蒙
沦为背景般的陪衬品
目瞪口呆地存在着
却丧失了藏品的意义
仿佛欲哭无泪的木偶

童梦

幽静黄昏，空灵遍布山间
春雨攻占皮肤的城堡
在心中下了一夜
台风偏离轨迹
波浪饶恕冗长的童梦
玫瑰解剖年龄秘密
石破天惊般度量河流的长度
如果枯井缺乏动能
我深知时光不会为谁停留
除非生长的高速公路
只是架设于县城的虚构枝蔓

仲春，在澳门

议事亭前聚满了看云的游客
喷泉在恍惚之间，涌动着众生的幻想
风景斑斓，圣母玫瑰堂敞开一扇门
爱从心中上升，百年的赞美诗越发清丽
我像时间的流浪汉，走在午后的新马路
遇见一个诗人是极其困难的事
那辆去往黑沙滩的巴士疾驰而过
沉默的灰猫仰望飞鸟的轨迹
尘埃抢占先机，将命运装进孤寂的邮筒

黑马

多年以后，当时光成为黑马
我也将从马上落下
投靠没有黎明的前方
幻想已鬓发灰白
目光仿如一把利剑
征服纸糊的城堡
谁能永远戍守独木桥
也许，答案潜藏在微风中
碎裂的沙漏被大地遗弃
一只边疆的蚂蚁
似乎在寻找存在的影子
用身体呼吸未来
而另一个自己
却化作流水的傀儡
渐行渐远

时光之书

我的忧虑未能把时光之书合上
缄默的严冬褪去温暖底色
让烈风粉墨登场，灌注品质和精神
守夜人暗黑的身躯穿越四季
仿佛巨大的隐喻覆盖漫山遍野
每个私密角落都深藏惊惧
困境显露本相，升起傲慢的炊烟
所有的失落将在夜幕中安睡
青春之树长成另一个明天
主宰可怜影子的命运

人间

那遥远的近处
像一片梦幻森林

我站在历史的背影下
把人间收纳
疯狂的演员从鱼塘
打捞遗失的记忆

月色依旧朦胧
大地刻下许多旷古的名字

高塔

每当吐出那些
在时光中变质的辞藻
他总会把夜晚
转换成白天来过
生命的高塔
从思绪链条里奠基
像尚未激活的电话卡
清醒地沉睡
即便到了秋季
也不会向着天空
怀念人间悲欢

光芒

假如，薄雾笼罩的安徒生塑像
弥散灼人的光芒，我渴望
被青铜色的童话紧紧拥抱
正如深秋，地上无人拾起的信笺
风沙是雪中送炭的读者
难道光芒的结局，还隐藏着
一个个鲜为人知的齿轮？

这种虚无的暗器，曾伤及多少
白天昏昏欲睡，夜晚如泣如诉
的少女。她们的眼睛只接收
悲剧召唤的云团所带来的
狭缝般映像。此刻，肉体的快感
和行囊，成为搀扶灵魂的拐杖

美人鱼

远走的理由捕不到，闪烁的伤疤
更捕不到。美人鱼是一首古老
而深邃的童谣，她的腹部被浮尘盘踞
这大海的女儿，扬起冰雕似的鱼尾
在波澜的宫殿里翩翩起舞
那湛蓝的布景，已为她如潜艇的爱
揭开包裹血色碎片的内核
偶尔也有空灵的海鸥奔走相告：
谁熄灭，或敲打，黯淡的命运之灯？
王子，宫娥，抑或噩梦中的至亲？

酒窖街

我断定，那帮对酒当歌的雅士
不在醉翁亭。他们面露欢颜地
手捧如花似玉的高脚杯
沿着归隐的阶梯，拾级而下
再把战场迁至喧嚣的酒窖
汉斯国王的酒窖，盛满
十五世纪劳动人民的血汗
和号啕。那簇被泪水浸润过的
深灰目光，并没有辐射
这座古城顽石般的心脏
陌生的月亮穿过历史的书页
朝国王新广场走来。它的步伐
像一场若即若离的歌剧，时常
迷失中清醒，漆黑中顿悟

复古的愿望

月影如刀，歌者从大地的仓库
取出怒放的紫罗兰
闭目聆听多人朗诵的神曲
感觉但丁正在沉思往事
而时代的步伐离他越来越远
唯有太阳伴随终身

热情的火焰怀抱着愿望
逃离森林。城堡忽明忽暗
探测生命游戏的奥秘
日夜耕耘的蚊子如有神助
不费吹灰之力
就能恫吓整个村庄

浮板

告知健康的病人
抓紧那块意识流的浮板
就像捕猎岁月尾巴
作为前缀的暗黑眼睛
为无尽的神秘彼岸
搭建喜剧舞台。晚霞笼罩
废气排出工业区
夕阳洞悉世情
朗诵朦胧诗
却无法照耀阴郁的心灵

炸裂

黄昏的洞穴预测巨轮
会将异化的毛虫
引向被浮尘湮没的大漠

模糊的精灵
仿佛亲切的烈焰和光
温暖着驳杂的雾霾

空气像一条凶猛的狗
隔绝古老与未知。丛林
幻化为虚荣的博弈

河谷泛滥的声势，壮大得
如同一颗蛮横的核弹
炸裂了蝌蚪的宿命

梵高

肉身的梵高，筑起灵魂的梵高。
他为艺术的眼睛涂上
断裂的颜色，狂野的颜色
玩世不恭的颜色。

赤橙黄绿青蓝紫，如果是狭义的假设，
那么梵高的假设就是广义的假设。
但现实只是那个假设的反面——
点一般的面。或是戏的暗线——
点一般的线。剧终化为乌有。

在梵高简洁的梦里，我问梵高：
津德尔特的月亮，与巴黎的月亮
是同病相怜的月亮吗？
孤独的耳朵回答：阿尔小镇的才是。
那里的向日葵埋葬着阳光、麦田，
当然，还有悲剧的雏形。

远景

我站在山巅
遥望纷繁的远方
那未知的台风
来去随意
扑灭了森林的火焰
也冲击了海滩的贝壳

野草如同被磨损的箭
消失在褪色的雨夜
虚拟的大卫假寐
不屑观看世俗戏剧

压抑的空气飘散
苦笑的灵魂歇斯底里
与影子赛跑
呼吁空载的邮轮
先归来再离开
用巨大的波浪纪念
生命的一切虚耗

钢铁森林

天空是块沉寂的钢化玻璃
忧郁的旱雷惊醒了
塌陷的沟槽，那堆壮实的建筑
像被蛀虫侵蚀的擎天柱
幽灵般注视困顿的白领

他们从雪地的办公室
垂头丧气地出来，奔往
人满为患的餐厅，周而复始
如同比萨斜塔的信徒
由悬崖走向平原
阴霾如影随形，风铃般的餐具
铺满了谜团的火炉

食客饥民一样的啃食
像孤独的水牛嚼着
梦幻的海草
灯管像磨钝的刀刃
发出悦耳的呻吟

马路上没有马
忙里偷闲的农夫
喝着陌生的红茶
深不可测的盛宴粉墨登场
在干涸的对话中
蒸腾荒芜的浮生

埃塞俄比亚

1
富人的贫民窑，住着葛朗台。
他的邻居，是泣不成声的花海。
蓦然，黑皮肤蜂拥而至。
气喘得，像风烛残年的马蹄莲。
饥饿之手，压向他，
以蚂蚁搬家的韵律。

2
殊不知，世界正以杰克逊的舞步，
跳着现在，唱着未来。
但被太阳晒黑的地方
还是思想的古代。
悬尸般，阴霾一片。
智慧退化为沉默的犹太，安步当车。
面包进化为遗产的藏品，特许参展
在汗流浃背的博览会。

3
“活着是死亡的俘虏。”黎明莅临之前，
奴隶的建筑师，把棚屋建成皇宫，
把邮局建成银行，把地狱建成天堂。
奴隶的魔术师，把麻布变成绸缎，
把拖拉机变成提款机，
把画饼充饥变成满汉全席。
这颠倒的马戏，
难道是黑夜的末日？

4

在风口浪尖的商店买一台命运的计算机，
置于意识的保险柜然后抛诸脑后。
你轻按寓言的密码，
便按出伊索书卷般的脸。
衣衫褴褛的儿童能模仿他的伊索吗？
心明如镜的白领能复印他的伊索吗？
日出而作的贫农能收获他的伊索吗？
那么黑夜的雕刻家又将塑造谁的伊索？
诸神的舵手，天空的舵手，荒原的舵手
冉冉升起抗争的帆布，在力量之船。

5

光的足印刻录文明的修炼。
远古的骷髅步步为营逃离方尖碑。
战争的化石荒乱间被活化成心的化石
思想的化石呢？又被谁的化石所活化？
诗的化石？论坛的化石？苏格拉底的化石？
哲人的铁索桥散落游离的时间，
秋千般来回摆荡。
你站在历史的臂膀，
风景以外之风景尽收眼底。

6

哲理的咖啡
用饥民骆驼般的嘴，
细水长流。流过
唏嘘流过卑微，
流过无坚不摧，流过
你和我，他和她。

精神的水电站，临摹
春的涂鸦，逍遥的涂鸦，
千里马的涂鸦。

7
抉择的横截面被剖开。
它的表面是深山，
内涵是公海。
理性的枝蔓早已不知所踪。
躯体的导航仪，预设
“严禁探索”的路障——
勒令丧失抑或迷失，
梦回抑或轮回，
彻查逃逸者的糊涂账。

8
从庞然的国度，
从电视镜头的维度，
从地理杂志的角度，
我臆想的诗行，也许
容不下沙漠的埃塞俄比亚。
异化的信鸽，正为幻觉
披上赤裸的舞衣，
恳求无欲王国的招揽。

9
娱乐的花农蜷缩于干涸的后花园，
错乱地盘算着偶像的花瓣
从盆栽飘下时耗损的动能。
灯光像过客般，

等待一条虫
在喑哑中恍然若梦。
恐慌的枯藤，把隐喻
风干成游戏的骷髅，
以及戏名缺席的喜剧。
而泥墙的傀儡
却以叛逆者的名义，
隐匿在灯光的内焰，
衍生冰火两重天的战局。

五月，在云上泼墨

闷热弥漫耳畔，乌云响起了防空警报
行人像大地的工匠，低头打磨城市图谱
雨还没进攻，我化身黑鸟在云上泼墨
一团芜杂的浓雾裹挟多种可能
生活留下突破口，给有为之人锦上添花
摇晃的际遇布满五月暗淡的天际
祈求光的亲属，从银河里撒落经卷
危机如果莅临梦中，将是一场硬仗
日子不按常理出牌，仿佛异象的侦探
红棉的火焰燃尽童年，赶赴严寒之地

腹地

在初夏的南方，没有什么比光芒更加重要
我只是暴雨的纽带，从云端的通道一闪而过
桥上的麻雀停留了片刻，以不屑的眼神
眺望声势浩大的风景。时间撕破想象
毫无意义的表情占据智慧的库存
意外仿佛惊雷，冲进余生漫长的旅途
花束延缓衰老，远方寄来了永恒的书信
阳光重现，内心的腹地铺满泥泞
轻轻取下一句空洞的话，告诉过去的自己
岁月并不全是静好，还有更多的可能

迁徙者

或者，我不该把切割的时间
献给生计。那位瓮声瓮气的少年
辗转难眠，在奔跑中不愿归来
炼金石试探着迷途的灵魂
突袭的幽暗遮盖了另一面低调的镜子
光的礼物会否击中凌乱的空间
我们充其量是年月的迁徙者
这隐秘之眼却在原地守候
替代逐日淤积的畏惧驱赶对峙
一个空洞的误解正缓慢病变

辑二 未来是一艘航船

深夜，阳光成为雨露的木偶
苦楝树下被扭曲的影子
沉默得如一粒屏息的沙

长河

没有开关的长河
奔流不息
任由困乏的守门人
掌控沙滩的晚年
格桑花跳跃
麦克风摇摆着
召开永不落幕的
天然音乐会
夜色压顶
布达佩斯的寒冬
尾随柴火悠然而至

稀客

被漂白的往昔
隔着稍纵即逝的藩篱
红绿灯闪烁不停
如同顽固的强迫症
治了一辈子
还在呻吟
隐居的野人讪笑
这棵移动之树
从马路中间疯狂掠过
吓跑了久未露面的物种

幻象

谁比泥土更喜欢空旷

只有在阑珊的黑夜
才听得清野草的喘息
这名利的宿敌
释出了纯净的信号

裹挟命运的台风
撕裂城市坚韧的肌肤
在霓虹面前
诗歌失去了法力
不能让倦怠的生灵安眠

午后从梦魇醒来
篝火冰冷地燃烧着
孩子正奢望温暖的老境
并未被时代遗忘

个人史

翻阅苦乐参半的过去
眼前浮现一道危墙
上升的火焰
如铺满灰尘的杂念
笔记一片空白
在荣耀的大桥两端
枯木放射青春的金光
无数苍蝇徘徊不定
归来者卸掉凝重的表情
重构自然的拼图
每张面孔都制造故事
背后站满耳背的倾听者

浮萍

1

碧波荡漾的季节，碎叶目空一切。
祭师闭目嘀咕：顽石的大地
为谁而留？漂移的脚步如火箭般
踏上满目踌躇的旅途，刹那间踪影全无。
行李是乡愁的原料造的，弱不禁风。
愁的青烟，筑起了一座纸糊的天桥，
让铁骨的行者通往即逝的国度。
他们抱着冰火，把同根生的火扑灭，
机械之手有如神助，视线豁然开朗。
谁又知道，牢不可破的面具里，
黏合过几多额外的愁，
致使那江春水无处可流？
黄金的积木，堆砌得像巍峨，
但捏下去却如蛋壳，不堪一击。
这帘易碎的幽梦，披着乘风破浪的露，
从火车站到火车站，驻足远眺。
时光的风沙肆虐，电影般变幻莫测，
俨然巡回展览的蒙娜丽莎。

2

生涯的风铃被吊到杨柳上，
随飓风摇曳，析出一轮柳月。
月色暗淡，像蟒蛇的水墨画。
天街的拍卖行，乞丐开天价拍下画框，
画却弃之一隅，经过工业处理，
形成一纸空文公诸于世。

路，仍在思绪的襁褓中
探寻有根的浮萍，力证不是空谈。
时态的非惯性对时态极尽颠覆：
过去时到来，现在时过去。
将来时过去，完成时到来。
还有何种待挖掘的时态
参与这场势如破竹的被颠覆？

3
浮萍的江湖，远不止江和湖。
它跳脱地扩容遨游的版图，
让场域可再生，
建构场域之外的心空。
运泰山压顶：雪白的，血红的，油黑的。
度日如年，仿佛厄尔尼诺降临。
婆娑之门打开，露出藏匿的狡黠，
欲拒还迎的面包，被泡影般的太阳
烘烤成垂死挣扎的负离子。
薄雾的写手蜷缩在房檐下，
将朦胧撒向天空，让硝烟
为眼睛作序。而跋还是
永远酝酿的省略号。
鱼死网破从水中花里
捞出一个“高渐离主义”，
远离神祇的屏蔽。

4
浮萍的悖论，远不止飘或非飘。
北冥的巨鹏以魔术躲过刀光剑影，
在画地为牢的浮世之上翱翔。

太虚燃尽烛光，化境为角斗场，
笼中鸟蔑视井底蛙，犹如
森林的立体瞪着九霄的平面。
诺亚方舟的售票处人头攒动，
这兑现快感的废墟，空头支票碎落一地，
像错漏百出的迷宫，出入口浑然一体。
幻象的不倒翁，摩挲着迁徙的行囊，
遁入明日黄花之意境。

5
工程师在河床里放置一台升降机，
去测量浮萍的抗压能力。
先浮上来，后沉下去，再浮上来。
这是一支抑扬顿挫的舞蹈。
北漂族从海市蜃楼的堤岸遥望南山，
背景斑驳，影像若即若离。
飞鸟如烟，弥漫着静谧的水上风景。
阳光倾巢而出，渔夫的心田却是冷的，
像一把落在南极的钥匙，
获得等于丢失，开启等于关闭。

6
如果梦想是浮萍的根，
金钱就是它的养分。
大雁鸣奏胜利的雄浑，
布谷鸟晶莹的呓语，呢喃着欢腾。
一张安逸的檀木餐桌：
红桌布。红蜡烛。红瓷盘。
渲染的红。氤氲的迷迭香，
翻滚在浓稠的空气里，

行迹像枷锁，寸步难行。
在悬崖上，俯瞰夜阑的幽谷，
那里种着沉默的花蕾。

7
状态是一张年迈的弹弓，
它能使浮萍身轻如燕，
却无法使浮萍重如泰山。
雏菊翘首盛放的角落，
窗棂之外，躲躲闪闪的目光，
悬挂影子的脸，昼夜蛰伏。
泼墨的秋雨，在大地的嘴巴游曳，
演绎着摇摆之美。喧嚣老去，
俗世的帷幕归隐荒野。
光环的舢板被头脑风暴冲刷，
刻着远去历史镀金的名字。
横躺的电吉他敲打鼓槌的骷髅，
弹着沙哑的和弦。疾驰的天外之火，
燃亮炭灰色的天穹。

摇篮

夜宿的旅者在欢跃之梦自我剖析
那些静静流淌的血脉泾渭分明
筹划从无数虔诚的器官簇拥而入
再鱼贯而出，像鬼祟的蟊贼
把生命的浩瀚大海摧毁得体无完肤
大地的摇篮摘下高尚的光环
撕破华丽的外套，徘徊于精神的航道
挥动着坚挺不屈的羽翼，渐行渐远
而月亮纤弱的影子仿佛从未存在
一如传说中的灰白与虚无

路

拂晓是一种沉默的指向
渔夫挥舞忧郁的船桨
目送那颗干瘪的遗珠
在进退之间踌躇

孤岛的眼泪

风暴巨人般肆虐孤岛
墙垛开出了睿智的花果
村妇探听远方的虚实
却空空如也

她触不到浮世的灰尘
正如那阕明月照不亮所有人
一条哆嗦的狗自娱自乐
像滩涂上的淤泥无视一切

思想地图永远让探险者
着迷或苦恼
他们已然消失的足印
如同残缺的思乡曲

孤岛的眼泪即将穿越时光
扑向被噪音包围的远方

闯入者

龙卷风席卷和颜悦色的海滩
无根的海鸥畅游在岸边
深居海底王国的羸弱生灵
顷刻荡然无存。取而代之的
是另一个群体的诞生

我看不清，黑漆漆的一片
月影的动作是幼小的黑狗匍匐
眼前那个不确定的我，似幻似真
妄图从大地的情绪逃离
奈何妄想是一把空心的枷锁
我终究投降了（或者说是屈服）

我想：我应该饰演
闯入者的角色
我的躯体本不附带高尚
但一种源自他者的果敢
强行把犹豫无情驱逐

明镜

千篇一律的树丛里，你才显得无力
观念的人群蓄势待发，围攻完整的心灵
如影随形，思绪同一，步调统一
毋容置疑，你只是他者狭长的影子
镜子反射的是别人尖利的目光
一切已沦为可有可无的附属品
慢慢品尝乏味的果实吧
请坚信一点：时过境迁，沧海桑田，
你终会在树丛里找回自己，
就这么简单：你是你，确凿的你

事物的分拆

事物在程度中开始了分拆：

大海分拆成深海与浅滩。
贪念分拆成贪婪与贪心。

倘若时间在白天睡去，
科学家会瞥见锋芒。

如此广阔的断裂，
破译着方向的密码。

事物在程度中开始了分拆。

日子

杉木倒立在湖面上
樱花怒放在沙漠里

石头是鸡蛋
古典是流行

日子像高速的粉笔
但过一日已过了一年

赶快卸去生活的盔甲
让深宵一片寂寥

足迹

我们被卷进漩涡：

廊桥从春天里消失
现实从美梦中远去

不能将玻璃雪藏
不能将蛋糕压碎

当影子成为养分
足迹就像潜逃之爱

星星是希望的幸存者

历史颂

我仰视喘息的树阴
如同看着一张衰老的脸
诉说属于或不属于它的未知
历史给我们留下了很多
而我们能为历史留下什么

致博尔赫斯

遗憾的是，你远行那年我才出生
我们的交集被镶嵌于书页
纵使丛林的诗句萦绕
抒情的脸永远年轻，一息之间
布满沉重的眼泪，如断裂的琴弦
走在哲思架设的大桥上
古今圣贤与你围坐
通宵达旦讨论深奥命题
不朽的灵魂喷涌睿智火花
教徒般献唱梦幻之歌

跋涉

冷漠之手
阻挡着藤蔓
向上生长的欲望
失去标准的根
被命运的风暴欺骗
大海使劲呼吸
以深蓝的笑声
迎接虚拟的春天
蟒蛇移动疲乏的身躯
在规则的笔记本
写上祝福
仿佛在悬崖上跳伞
生活如机器般
疯狂运行着
你无法控制
它的速度
甚至路径
任凭欢愉的日子
流淌着热烈或阴霾

未来是一艘航船

今夜的都市顿成泽国
狂欢的台风在一念之间
摧毁陌生面容的拼图
从褪色的青春返回异乡

蓦然醒来，河边填满紊乱意象
与空气竞赛的白马不知所终
岁月的汽车被暗涌淹没
积水汇成废弃的泳池

海市蜃楼的梦境越发清晰
我在内心驾驶未来航船
朝着虚无之地呐喊
隐喻无远弗届

探照灯

门扉把夜的黑看轻
水泥墙埋着睿智
旧式录音机播着圆舞曲
浪漫在狂欢
撼动挑灯夜读的权威

艳丽的玫瑰
擦亮狗的神情
喧哗与骚动
学徒咆哮着
雄火在高原之上燃烧

称谓表演着儒文化的蕴涵
辈分层峦叠嶂

赤兔马驰骋千里
脚下落魄的杂草
绝处逢生

疲惫的笔形 焕然的部首
穿越旧时光纷至沓来
何处是归途?

迷茫吧 竭斯底里
学识渊博的图书馆千头万绪
掠过膨胀中的辞海

孩子

我翻开
一个孩子的背影
鱼肚白
虚无得诡异

另一个孩子
气喘吁吁，面无表情
他的梦想是
珠穆朗玛峰

孩子，孩子
你们听到吗？
春天穿过篱笆

河岸

岸上的行人
恍如印象派忽视的
蚂蚁。旅途劳顿
暮色逐渐靠近
天空的笑靥顿时阴沉
白帆迅速老去
智者的胡须飘落
世俗的灵魂竟如此沉重

风情画

夜阑人静，变幻的稻田
像一块被时代遗忘的画布
从历史的记忆走来
在自然中老去
博物馆拒绝收藏

蚁群躲在无穷的深壑
安然入睡
谜一般的纱布
包裹着欲望的洪流
如迷茫的巨龙

看不见的城市
正没日没夜地奔跑
马路上尘土飞扬
短暂的喘息
是奢侈的奖品

人生的停车场
泊满了为名利而活的魂灵
命悬一线的留声机
播放他们胜利的凯歌
循环往复

木屐

它释放了远古的呻吟
像瓜熟蒂落的幻想
在寂静的仿古王国涅槃
若隐若现
空灵得如一堆化石

羽毛

狙击手射落了完整的羽毛，
用冥想捡起残破的灵魂，
制成陈年钢笔。于是宣告：
羽毛在生活的墨水里
垂垂老矣。而回忆依旧
纤尘不染，像晶莹的清泪。

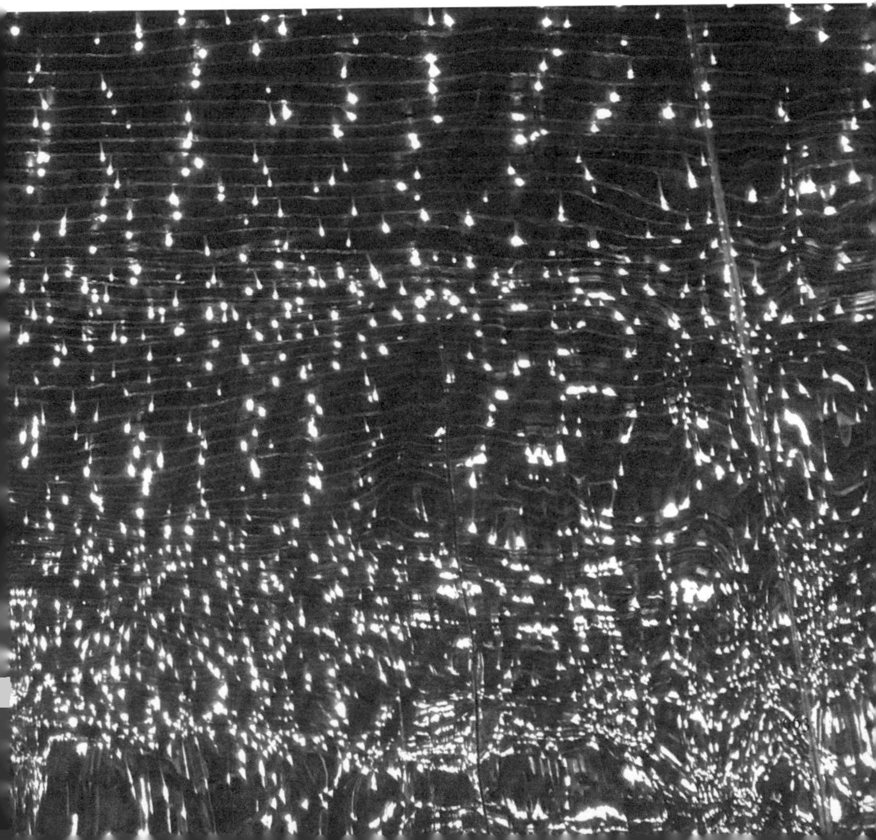

昂坪 360

超越历史的缆车
像一个悬空的浴缸
倚在虚构的云端
俯瞰俗世非凡的跌宕

圣人之手
举起沉默的缆线
向旖旎的绿洲
呐喊

在流水的朦胧中
声波是一场寂寞的聚会
追忆时代灰白的光芒
灵魂在高速中舞动
像咖啡厅的糖
诱惑斑驳的味蕾

石器

古老溢出荒诞修辞
坚韧的石器失语
人猿玩着钻木取火
这个奢侈游戏
诞生于思想森林
被史书褒扬
洞穴的烧骨和灰烬
复刻族群生活
我轻抚日 月的胶片
仰望毛笔的前尘

深秋

落叶从时空之墙
建构生命臃肿的脸庞
斑驳的思想森林
把空心的爱情枝桠
营救
觥筹交错的小屋
一派狂欢过后的
冷清

古老的梦幻深秋
以现代喷薄的血液
灌溉荒芜的田野
远方的木船
像泅渡者决绝的母亲
目光凌厉地
鄙视
硬朗的夜空

矿场

此处铺满了尘埃
也装满了恐惧
时光停顿在工业年代
寂寥的矿石垒成了群山

我在山脚遥望日落
渐渐远去
像从未升起一样
月亮的火苗
照亮荒芜角落的影子
每日如常

拾荒者

没有一种回忆
使他亢奋
岁月投射悲悯的目光
将愁绪团团围住

唯独梦里的孤灯
才看得清蜘蛛网的真容
抽象垃圾灌溉穷困的余生
如同过期的营养品
倒入杂草丛生的嘴巴

他巴不得囫囵吞枣
麻醉铜皮铁骨
佯装腰缠万贯的富翁
从破碎的窗口逃跑

推土机

在马路磅礴的背后，每个路人
都是一堵移动之墙。墙面千疮百孔
时代的纱布被无痛的代价遮蔽
只要资本充裕，阴影也是亮光
闪耀蜿蜒的山道。高速机器把尘土扩散
如核武器威力无穷的余波
占领遍体鳞伤的荒野。羸弱的种子
奄奄一息，拖着疲惫的身躯
从抽象之梦黯然飘过

困兽斗

饿狼吐出灰白的表情
男人吸进抽象的神态
雾气中断铁牢笼的阴森

梦魔张牙舞爪地狂吼
一对被烈焰燃尽的眼眸
闪现人迹罕至的红树林

万籁俱寂，洪水冲垮狼藉
彪悍活化了野兽的本性
它和男人的斗争子虚乌有

在密不透风的狭缝
仿佛那悬丝般的光线
正凭吊唯美的异度空间

收音机

蒙眬的历史隐藏着
许多有温度的收音机
听众总是把秘密
融进电波，像一种契约
岁月播放生活的隐伤
却遗忘如何拯救
被内心打捞的月亮

恍惚

夜里揭开时间的内核，里面空空荡荡
一旦紧闭眼睛，耳边传来细碎的铃音
你为人间留存指尖的温暖
却放弃抵抗言语之刀
在废墟里，坍塌的建筑重建精神
遗忘之树不断变换容貌
它畏惧春天，也厌倦收获
平静的河流活出了前所未见的难度
自省的目光闪烁迷离
我像一个浪子凝视停顿的地面
摩挲被冰雪包裹的落叶
陌生的镜像依旧青蓝
复杂的旅程在安逸中折返起点

辑三 飞的独角戏

月亮失明，一只顿悟的大鸟
掠过洪荒之境，往命运底部观光
洞深幽远，光明变身神坻
把夜色留白，献身思想稻田

动物园

不断膨胀的城市，掩埋着
一座深不见底的宝藏。田野里
心如止水的动物，也从五湖四海
奔涌而来。它们欢歌笑语
无需通行证，也无需笼子

经历仿佛传说的影子
在疲惫的身躯缓慢消散

恍惚的眼球装满冰凉的火焰
炼成一件件辉煌的艺术品
安放在昼夜开放的动物园

我张开臂膀，打着哈欠
面向模糊的镜子
露出绝无仅有的恐惧

伪装者

夜以继日，轰隆的伪装机器
在森林的流水线反思仿制的意义

织布的木兰，“唧唧复唧唧”。
手袋 A，手表 B，手机 C
呱呱落地。这堆模仿的生命
强大而渺小。仿佛蛇的赝品
蜷缩在阳光猛烈的草丛

喘息的包袱每天都在膨胀
它鼓鼓囊囊的肚皮
敞露于行迹匆匆的独木桥
商标如潮的坑洼大街

伪装的厂房比真实更真实
显微镜窥视生活的精度
像泄气的肌肉萎缩得形同虚设
而高仿的生活却独领风骚地
建构长驱直入的链条

疾驰的货轮驶向无人之境
泊在风平浪静的码头
慵懒的桅杆挣脱规矩的绳索
坠落另一个虚无的深渊

噩梦持续。幻象
逼迫曙光望而却步

反面的狂欢

那位梦的诗人
爬向大地的深渊

霉变的影子
在欲裂的石桥中
若隐若现
幻灭默念着
信念星光般的流逝

黑暗不需要光明，如同
蛮横嫉妒谦逊，或
沉默讨厌顽抗

暴风的使臣
扛着猩红的桅杆
昂首阔步

猜想

深夜，阳光成为雨露的木偶
苦楝树下被扭曲的影子
沉默得如一粒屏息的沙

目力所及的镜像，若隐若现
柔和地定格于时光的岔口

浅滩里那些执著的灵魂啊
请熄灭愿望的火柴
而后，闭上疲惫之眼
挤出几滴浑浊之泪

猜吧，谁奔走在虚构的马路？

云朵从惺忪中升起飘落

在梦里摘几朵心的云朵
盯着它们从惺忪中升起飘落
睡眼赖在沟壑的怀抱
听云海此起彼伏，波澜壮阔
听锦鲤，流水，沙漏
此起彼伏，波澜壮阔

致巴赫

轻弹阳光的变奏曲
尝试把沉睡的圣洁灵魂
从休止符的黑夜瞬间唤醒

星罗棋布的山涧回音
像颠沛流离的浪子凭栏啜泣
时而强悍，时而脆弱

秋天的平均律
响彻幽远的隧道
宛如怒放的七彩玫瑰
斑斓的脸。生命的琴键
抵达安魂弥撒之境

教父用简单馈赠世界
世界用丰富解读他

我妄想，继续前进

天黑了，路更暗了
穿越山洞的一瞬
我妄想，继续前进

杜鹃惨淡的呜呼
预示着厄运的逼近
我还妄想，继续前进

我的脚步轻浮了许多
它们陪同杜鹃的哀鸣
游离在尘埃表面

当青鸟绝迹人间
我依然妄想，继续前进

泡沫

灯盏借着丰富的夜色
奔跑在人群与森林之间

在琴音的协奏下
幻境化为雀跃的蝉鸣
善变的宿主

光芒的嘴是一切的喉舌
氤氲的媚态敲打刺鼻的昂扬

薄膜泛着柔和的豁达
倾听浮游的水草的表演

年轮，可用什么
祭祀泡沫的苍白？

生命赞歌

乡

被现实击碎的寓言
幻想完美无瑕的还原

土

埋着童真的青春
葬着青春的垂暮

镜

公主愁云密布。壁灯
倒影在琉璃的死寂中

轮

秒针指向深渊
时针指向光明

雨

流年的珠帘
消逝在迷雾的天幕

家

三代人的魔法

蚊子

事实已无法掩盖蚊子对我的忠诚
它的针刺，露出一排鲨鱼的牙齿
它的法眼，它的魔掌，它的
源远流长，以光的步速突袭我
猝不及防，无处不在的线眼

种子

疯长，疯长
一笔收获的帐

朦胧茁壮的娃
稀里哗啦
撑起溃败的瓦

特朗斯特罗姆

从家门口，到领奖台
很近。他走了一生
确切说，走了 80 年
当他人用冗长
轰炸读者繁忙的脑袋
他却用等待
写就灵魂的诗歌史
拾起微妙的俳句
宛若一叶轻舟
在汹涌的大海徜徉
那深邃的诗行
渗透他的每一个
宁静的细胞
163，伟岸的篇章
世人遥不可及
斯德哥尔摩的午后
波光粼粼，白发苍苍
亘古不变的蓝房子
咬着提拉米苏的口
弹着钢琴的手
缓缓前行的轮椅
已印证谜的一切

快餐

啃下一顿快餐
像吞进千个计时炸弹
长年囤积的火药味
隔离在售卖者的鼻孔
我们只看见它诚挚的外衣
那诡秘的音容
隐匿在工作间的镜头
暴晒我们的惶恐
狡诈的食材攻克日常
地沟油，瘦肉精，硫磺姜
用无良烹调我们的健康
不屈的毒素已成猛兽
叫嚣胜利，坐享其成
抗体倒在阴谋的暗箭中

而后，公义口诛笔伐
罪与罚接踵而来
道德的法庭翘首以待
证据是生命堆砌的纪念碑
忧郁的碑文写满批判的能指
钻开坚硬无比的花岗岩
黑洞王国便粉墨登场
王国的核心构件：污垢，残渣
以及深居简出的化学元素
假如我们沉默不语
它们就尽情呼风唤雨
跋扈的羽翼凌驾神圣的天平

灯光一闪而过
尾随的瘴气盘旋苍穹
我们化身骁勇善战的英雄
穷追猛打
哪怕冰山一角

我们还活着，活着
也是一种福气
躯体已练就百毒不侵
这自给自足的必修课
使骨架锻造成僵化的钢铁
暴风雪肆虐时，竟可装作
无动于衷
冷剑挥动无助的双臂
“请求支援！请求支援！”
现场布满火苗
另一种格调的快餐
可以燎原

无题

空无一人的大礼堂
踏着激情的正步
太阳露出童真的笑脸
播撒嬉戏的回响

我想象这不是必然的发生

让我思索的时间不是连续的
让我栖居的大地不是虚无的
让我喘息的空气不是灰色的
让我着迷的潮流不是划一的
让我依恋的春天不是平静的

木偶

如果地球不是圆的
彼岸的注视者便说
水和雪的质地雷同

变形的它苍白乏力

金黄的方脸坏笑
浅灰的声音嚎啕

时钟的分针
显摆着幽默的动作

玫瑰红的声响

我剖开龟裂的岩石
装作特工一样
潜伏在木偶的
五脏六腑

光影

时间机器在接载
千万个彷徨的身影逃离
那束光影突兀地闯进
洁白纯真的心房
他们极不想妥协退缩
因为那列火车的迟到
扭转了他们的执著
思绪把一潭死水吞没
灵魂仍在律动
畅想的风景
全遭蛰伏的落霞击退
单薄的底片里
粘着一张张
固化的硬邦邦的脸庞

流年

淡黄的布幕放映青涩的面孔
他戴上沉重的钢盔
向未来挥手
浪漫轻拨黯淡，暗涌思乡之歌

风迢迢，掠过铁窗的青纱
奔向门前的山花。秒速般的生命
湮没迷茫。在遥远的维度
未来战士怀抱
坚定的重生欲望

万千勇猛的身影前仆后继
溶化于烽火台上的岩块
汩汩淡化流年的色泽
青春的热能攻克时光的城池
击破原始梦想的最后防线

宣泄

每一个渺小的秘密
装进硕大的瓷罐
就像裹脚布，裹着
压抑的女人
需要漫长的解构

每一次遇见玫瑰
它鲜红的魅影
总会袒露一些什么
比如，温柔的伤疤

飞的独角戏

借机师的耳朵收获飞的硕果
雇佣冷的逃兵发配触感的南极
他们用正在递减的哆嗦
粘连混沌之初的神经
马的引擎们列阵虚空的战场
以胜利者的英姿观摩
飞的独角戏，像热带的薄冰
冲垮自然的防线
暴露绝处逢生的摄氏度
人潮的乐园歌舞昇平
航线与航标，边境与边疆
消融在飞的独角戏里
戏与非戏，X 与非 X
被概念的傀儡颠覆得
体无完肤。世界的眼眸
邂逅逍遥游的候鸟
扑向光的深渊，略缩成
管中窥豹

圣堡

妄想的恐惧
发酵出神秘的山峦
修长之手伸向
五万年前大地的土壤
喜马拉雅山的巅峰
在吼叫着。神听得到
谁臆想共鸣
生生不息的流水
开裂的纪念碑
铭记着圣堡的功绩
血色般的残阳
燃烧的焰火
不灭，不朽
当我踏进圣堡
察觉黑色地板上
历史尘封的音乐盒
装满空旷的神伤

纪念

回忆磨灭了情绪利器的洗礼
生命的顽固将奇迹的防线
冲破捣毁，重拾日常化的体温
记载流逝的阴影的忧郁形态
记载未来的光明的快乐脸容
纪念，为了褪去忘却痛苦的疤痕
时间的光盘挑衅人类的自然记忆
弥漫着污浊空气的幻想
飘落的雨水化作牢固灵魂的锁钥
我的抉择在岁月的天平上左摇右摆

桂冠

你所崇尚的光环
已虚化成一团白雾
它蒙眬的形态
仿佛鹰的眼睛
傲视浩瀚的天穹

灰黄的扫帚
拖着高昂的长辫
将蚁群一扫而空
升屏的孔雀笑逐颜开
等待嘉奖接踵而来

那束圣洁的远火
只能和着皎洁的月色
用闯入者的硬朗
躲进极地，或丰碑
欲哭无泪

沙砾的慧眼

碎裂的谜底
如钻石般熠熠生辉

大地的流浪汉
躲在浓烟飞扬的废墟
激浪淹没
彼岸跋涉的纸船

沙砾却如思妇，闭上
孤独而浑浊的慧眼

在昏天黑地的围城
遥望变幻无常的风景
继续事与愿违的
机械旅程

夜之泪

月亮失明，一只顿悟的大鸟
掠过洪荒之境，往命运底部观光
洞深幽远，光明变身神坻
把夜色留白，献身思想稻田
迷失的灵魂靠岸
被时光的管家视为珍品
桉树嗅到了满目疮痍
流火遍布，虚空溢满赞美之词
每双黑眼睛都泪如雨注
涧洗着星空下万物的内脸

麻石街

众声喧哗
尽情撕掉生活的面具
音乐喝着欲望的汽水
在人群中恣意狂欢

一切都是失落。远处
幽暗角落里
那簇浑浊的诧异目光
点燃肆意的篝火

摩天轮

幸福的路途上
遥望断线的风筝

把手摊开
掌心释放的
是扭曲的愿景

我在高速的摩天轮中
驴在静默的动物园里
一个微波把我们连接成
同一阵线的朋友

雕像

皱纹暗藏唏嘘
从粘土降生的眼睛
如一群寂寥的灰暗音符
抽象的艺术家
在晚霞的荣膺中
完成行将隐身的雕刻

午后一刻

木质书柜的体积
吞不下与日俱增的知识宝库
智者干涸的神态
像饥不择食的座头鲸
茫然若失的鲸须
百无聊赖地摆动
海洋的波浪朗读着
青瓷般珍贵的词：
鱼目混珠 鱼贯而出 鱼跃龙门

星象游戏

当繁星将天空托举
却目睹云雾被命运淹没
幻象如一盘下不完的棋
鸿雁架起无形的阶梯
向着落日致敬

谈判者

孤寂戍守在黎明的关卡
把风干的躯体无遗地交给顽石
黑夜赋予我复制狼的眼神的权利

为了跟演员共舞，太阳与月亮谈判
规则游离于时间之外，诠释睿智的色泽

脸和脸的抗争。手和手的交锋
花束插了又扔。幕帘开了又闭
灯光闪了又黑。台词忘了又背
舞台热闹非凡。永不落幕的戏

哈姆雷特的脊梁
垒砌成人性的金字塔
让它植入卑鄙者的思想吧！

我的心，也要建一条长城

台词

我们看不清一切隐藏的面目
变脸在睡梦中成为常态
是的，冰块并未过度灼烧时间
冬日遗落的印迹窃听自身的缺陷
雾气升腾，众人在栅栏外尽情狂欢
不分昼夜地想象灰白的修辞
幻变的风景背弃老去的经验
入侵的台词仿佛有了发生的理由
既然异化的星辰选择孤独之旅
常年的璀璨也该卸下重量

萎缩的往事

如果不是夏夜，风不会如此柔和
我独坐在萤火虫的世界里
蜻蜓嗅到萎缩的往事
倦鸟低飞，像一撮微不足道的羽毛
日常又一次锋芒毕露
只有重复的脚步才能长存
遗忘的通病被赐予意义
刹那间，轰轰烈烈的时光变得短暂
信任是一场不落痕迹的修炼
隐秘的身影舞出了别样的自己

灵魂利器

我是这世上唯一没有眼泪的人
爱瑟缩于倔强的阳光里
衍生两个冷漠的气泡
亲情薄如蝉蜕，裸露着扭曲的脸
怪象丛生，比如痛苦即欢愉
比如另类即日常。话语的锋芒
刺入时光深渊，无稽之谈
发酵寂寥的假期，雨水怜悯冲突
空想的完整拥入历史的怀抱
在暗处玩弄烫帖灵魂的利器

JBL
JRX100

辑四　无处安放的句号

黄昏，地平线上
风吹得很急，也很猛
我一把抓住了
它坠落中的灵魂

火

暴怒
烟的羽翼曼舞

火或火的附属物
坚挺的风

哦，天平的上帝
你一遍遍把火点燃
又一遍遍把火扑灭

然后用暗语告知我们
没有根的火
不会永垂不朽

检讨

诗，哪怕我不懂
我也要寻找它
迷蒙的行踪

性灵以隐秘的力量
客居我的身体
作为无形的伴侣

写一份空白的检讨
寄往即将破产的土地
邮差是沙漠的蚂蚁

夜莺闪烁着犹豫的光芒
验证黎明传说的真伪
舒坦得像度假的木雕

手

人头攒动的路口
他幻想自己有八只手

可以是八爪鱼的手
可以是黑蜘蛛的手
可以是黑暗中潜伏的手
……

地球上，手无处不在
等待孕育的叫喊不绝

一只手追着一只手
在时间的沙滩游走

联盟的幽灵之手
漫不经心地举起
暴风雨食日的黑狗

惠特妮·休斯顿

绕梁的天籁，悄无声息
谢幕在隐匿者的幻想
麦克风仍沾满你的余温
用生命换取的蜚声国际
让你度过多少不眠之夜
若不是自信与执着
也许此刻你正享受着
果味软糖和清新的空气
而不是堕落后的陨落
婚姻捣毁了短促的青春
毒物出卖了纯洁的灵魂
沉沦发酵出醉生梦死
萎靡成为主角
惠特妮！忧郁的流行女王
你钟爱的萨克斯
已奏出电光火石的倩影
狂野，石破天惊般
在高贵的躯体内植根
灵魂乐为你祈祷：
愿蓝调精神在天国
引领你不羁地唱啊，跳啊
没日没夜

城池

远在城堡之外
朝时间挥手是件困难的事
树上的灯笼
照亮那块移动的阴影
你已无法预知一切
像故事的隐者
逃离镜像的迷宫

词典

我想象着词典的想象力
“想象力比知识更为重要”（脑海突现
爱因斯坦说这话时的音容）

权威 词典的权利
但抵不过毒素的噬食

弃之可惜 唯有在闭合状态
接受读者们的顶礼膜拜

一本本 一排排 伤痕累累的老兵
面目全非 蛀虫攻陷憔悴的五脏
烽火连天 像春秋七国的战场

血干透了
灵魂的废墟犹在
颓桓败瓦 尽管呻吟吧
但禁止向大地申诉

明天
尚有无数个明天

醒后，不再沉湎

醒后的自己
仿佛是刚炼造的瓷器
冬天过后，陈年旧事
绝迹混沌的脑海

告诫自己
醒后，不再沉湎

无处安放的句号

给失败者披上
无处安放的句号
在信笺上划一个
沉重的逗号
无瑕结局制造了
毫无悬念的深红烙印
终结的符号
也许始终不能
馈赠那张沾满俗气的脸
他的洒脱隐蔽得
让灯光下的牧羊人
蓦然回首

希望

就是在失败以前
我终于找到了渺小的希望
云雾降临地球的那刻
明灯把它彻底赶绝
不残留一点痕迹
我不后悔，也没有挂牵
瞳孔里无聊地放映着
多年前已淡忘的片断
俨然比名利更珍贵

染布缸

世界原本是白布一块
当浑浊的染料注入水缸
就有了灰，有了黑
有了闻所未闻的气味

在万人狂欢的染布缸
如果染料骤然失效
世界还是世界
人还是人

寻常

你走过的那条
陌生的幽径
已被滚滚灰尘熏染
光彩开始发挥本色功能
暴风雨过后
一切在寻常中变化
像耄耋老者返老还童
神采奕奕
稀薄的空气
也如突变的跳蚤
以迅猛之势跨越障碍
成为风的秘书

位移

我相信，天空是有位移的
如果可以，我愿意
被放逐到异域去
在另一片天空里
看看那儿的世外桃源
听听那儿的弦外之音
尽管足不出户。然而
想象多么清晰
现实多么含糊

表参道

女童的樱桃小嘴
吐出三个字：
我即将遗失的时光

唯美的晚秋
光影定格在
我即将遗失的时光

表参道的午后
迷离的眼眸　幻化成
欲望萦绕的潮流圣地

含羞的石笼灯　洒落
喧嚣后的萧瑟　细说着
当年明治神宫的掌故

搭上快车　无止地想象
车速让古老戴上
时尚的钢盔

相信吧，太阳还在

我从未想过胜利
只想摈弃物质的奴隶
飞翔在精神的港湾
彼岸是我灵魂的领地
理想之花会告诉世人
围墙不容易被巨浪推倒
但生活还要继续
无休止的颠簸旅程
相信吧，太阳还在

天籁的回音

天籁的回音
跃进世间的静谧
鹦鹉坐在露台上
观摩着变更的俗世
向思想的云招手
我从不想触及
明年的某日
企盼摄取神的眷顾
在迂回的跑道
追逐不似人形的影子

流水

我不信，但我不能不信
生活是一条消失的河流
除非你是游泳能手
否则不可能
安然抵达遥远的彼岸
无数的人影飘荡在
灯火阑珊的夜晚
我听不清那彪悍的声音

接近

差却一毫厘
我抓不紧
那块轻飘的羽毛
苍穹为我明证
我距天空很近
黄昏，地平线上
风吹得很急，也很猛
我一把抓住了
它坠落中的灵魂

信封

打开消失的信封
窗外的红树林
已溢满浪漫的叹息
和落叶破败的脸

断裂的怀念
损坏遐想的完美

命运的邮递员
被风吹成木然的
猫，祈祷生活
不再是无望的依恋

雨伞

等待的阵痛
被光线的忧郁湮没
迷茫悄然消褪
昙花一现

烈日当空
一把雨伞的意义
像史书的重量
深不可测

前尘的沧桑
倒影在岁月的脸庞
那个远方的故人
模糊得有些具象

红专厂

红专，抑或红砖
仿佛不是重点
主角是我们心中
潜藏的唯美
腾云在艺术的天梯
梵高的抽象
释放跃动的心绪
诗歌式的自由肆意
蔓延前人的路径
月明星稀
当鹰击长空
晚霞，不经意
把风尚暗涌

太古仓

远眺扬帆的货船
幻想自己，身处 1904 年的
欧洲小镇。黄昏的码头
紫色的天空清音缭绕
夕阳把咖啡调拌成醉梦
碧波嫣笑，记忆荡漾着剪影
复建的货仓显影百年航运的
潮起潮落。露水擦拭岁月的皱纹
柔风吹拂，太古仓 1 号
唯美得像葡萄酒的色泽

有时

有时，我坚硬的心
洁白如纸
如同柔软的海绵
要给大地仔细审视
要给风暴痛快肆虐
一把沙哑的嗓音
鞭策镜子中的我：
我在繁忙的现实

投机者

错觉为他们打开了
成败的缺口
墨菲定律发酵
没有一种持续的成功
经得起历史的洗礼
梦里浮沉的黑夜
布谷鸟站在电线上
像愚公一样漠视前方

视线

透明的宫殿
如襁褓中的废墟
瓦砾沾满了多维的人性
蜡烛燃尽了家长里短
围墙外的世界
氤氲着时光的叹息

风景

岁月的皱纹凌乱地
在年轮中变幻
正如霓虹的脸容
午夜，桥突然开口
谈及理想的本质
一个眼神就是一把尖刀
随时可以洞穿
荒唐的现实
明月从梦中跑过
凛冽的海风吐出音符
孩子般唱着
没有韵律的儿歌

舞蹈

满腹经纶的研究员
一声不吭
戍守这片烟雾弥漫的净土
以怪诞的眼神
涂抹着时代
虚实相生的伤疤
切肤之痛并不切肤
拖沓的钟鸣声
在星空下曼舞

一个人 两个人

一个人
望天
星星
在忽视他

两个人
观海
倒影
在偷看他们

不速来电

沉默的手机响了
显示屏迸出一个号码，
我马上从记忆的抽屉里
提取与之相联的名字
而后无果
电话那端的他者火速般
由空白变为复杂

"人不能两次踏入同一条河流"

救赎

真不知道富裕的底部
藏着什么奢侈品
那些可怜的魂灵害怕追问
苟且的活着需要多少能耐
无端的笑声
溢满了浮世的每一角落
救赎的声音趋于默然

博弈

如果，有层出不穷的如果
泪化的汗就是感性的泪
汗化的泪就是理性的汗

为了挣脱不屈的对手
它们进行季节的博弈

汗没有赢
泪也没有输

苦战

时光在艰苦的战场
毅然接受沉重的使命
不分昼夜地展露疯狂
飓风怒火中烧
咆哮着，翘首以待
虎啸般地手执
磨灭生命的利器

后记

梁智强

写作这本诗集，缘于 2013 年初春的某个夜晚。当时我正在创作一篇老城题材的小说。小说写到一半的时候，忽然萌生了写诗的冲动，我的脑海浮现出各种旧物的意象：荒芜的村庄、锈迹斑斑的古钟、破旧的收音机……我不知道这些意象是否随着时光流逝而不复存在，但很确切的一点是，它们已渐渐远离了人们的视野。

在构思的过程中，我不断萌生新的念想，这些旧物似乎永远写不尽。更没想到的是，原来只计划创作十首左右的短诗，经过五年的笔耕，竟累积到 127 首，而且还是围绕着同一主题进行。

之所以把诗集命名为《时光博物馆》，主要是想致敬这些已然或即将远去的事物。“时光博物馆”其实是一个巨大的隐喻，它既是历史的仓库，也是这些事物通往未来的载体。我希望能完整地记录这一切，为此专门到图书馆、博物馆查阅资料，还利用闲暇时间与民间收藏家交流，力图使每首作品富有质感，引人共鸣。

本书分为“钢铁森林”“未来是一艘航船”“飞的独角戏”“无处安放的句号”四部分，以时间为线索，通过独特的视角与纷呈的意象观照内心的浮沉，在记录个体经验的同时，深刻反思人类生存与时光的复杂关系。

我对诗歌有着一种无法言说的感情，读诗是我生活中不可或缺的兴趣。每读到一首好诗，总能让我莫名地兴奋一阵。大学时期，学院文学社组织过各种诗歌朗诵会，我也积极参与其中，通过朗诵古今中外的经典诗歌，我领略到的不仅是诗歌本身的魅力，还有它所蕴含的无穷哲思。后来，因了从事文学编辑的职业惯性，我对诗歌有了更深的认识。每当收到诗歌来稿，总是先通读几遍，并简要写下读后感，多年以后拿出来看，相信会发现另一番风景。

诗歌赠与我的礼物，既有具象的，也有抽象的。它们让我的内心沉淀下来，不紧不慢地追逐梦想，在喧嚣的都市里觅得一方净土。最后，感谢一直以来伴我成长的师友，敬请大家对诗集批评指正。

2018 年 8 月